U0503263

嚴文明——著

浚哲詩稿

附親友詩選

文物出版社

圖書在版編目（CIP）數據

浚哲詩稿：附親友詩選 / 嚴文明著. –– 北京：文
物出版社, 2019.12

ISBN 978-7-5010-6481-6

Ⅰ.①浚... Ⅱ.①嚴... Ⅲ.①詩集—中國—當代
Ⅳ.①I227

中國版本圖書館CIP數據核字(2019)第295527號

浚哲詩稿：附親友詩選

著　　者：嚴文明

責任編輯：楊新改　喬漢英
裝幀設計：李　紅
責任校對：李　薇
責任印製：蘇　林

出版發行：文物出版社
社　　址：北京東直門内北小街2號樓
郵　　編：100007
網　　址：http：//www.wenwu.com
郵　　箱：web@wenwu.com
經　　銷：新華書店
印　　刷：北京京都六環印刷廠
開　　本：710mm×1000mm　1/16
印　　張：7.25
版　　次：2019年12月第1版
印　　次：2019年12月第1次印刷
書　　號：ISBN 978-7-5010-6481-6
定　　價：60.00圓

本書版權獨家所有，非經授權，不得複製翻印

嚴文明字浚哲（王征發畫）

浚哲詩稿目録

　　《尚书·尧典》曰："詩言志，歌永言。"我從小學詩，恨無天賦。偶爾爲之，自知甚少詩味，又不嚴守格律，但言志耳。搜羅歷年所作，敝帚自珍，乃略加修改，輯録如斯。小字浚哲，遂名《浚哲詩稿》[1]。

---

[1] 拙著《足跡——考古隨感録》（文物出版社，2011 年）第四部分"浚哲詩稿"曾收録詩詞 23 首，本書亦全部收録並略有修改。

在華容縣五合鄉中心小學，1946 年

東 風

1944 年春習作

東風吹到了大地，
吹開了園裏的桃花，
吹醒了枝頭的小鳥，
東風啊，你的能力真不小！

東風吹到了天上，
吹散了密密的雲障，
吹暖了春天的太陽，
東風啊，你的能力真不小！

我奔跑在長滿綠草的原野
去擁抱陣陣吹來的東風：
啊，是你溫暖了我少年的心房，
是你燃燒起我心中的希望！

願東風快快降臨人間，
降臨我多難的家鄉，
用你的巨臂驅走冬日的魔障，
用你的溫暖融化這塵世的冰霜！

秋日登高遠眺

1948 年秋習作

極目洞庭遠，　波光似鏡函。
水天連接處，　隱約一孤帆。

在華容縣立初級中學的同窗好友，1949 年
前排左起：余松林、朱焱；中排左起：李廣生、王海洋、湯銘
後排左起：包澤洲、嚴文明、劉濟中、徐紹鈞

春 草 [1]

1950 年春於華容宋市

草兒在地面下睡覺，忽然聽到春天的腳步，
她悄悄地探出頭來，觀看美好的大千世界！
和煦的陽光照耀著她，柔軟的春風撫摸著她，
絲絲的雨露滋潤著她，嫣紅的花兒陪伴著她，
草地的主人呵護著她，她在幸福中茁壯地成長！
她知道春天過後是夏天，她會遇到烈日的煎熬，
還會有狂風暴雨的襲擊，這使她鍛煉得更加堅強，
因爲她已經深深地紮根，經得起任何的考驗。
她知道秋天過後還有冬天，風刀霜劍嚴相逼啊！
翠綠的草葉枯黄了，草根卻紮得更牢固了。
記住英國詩人雪萊的話：冬天來了，春天還會遠嗎？
一場野火從草地上掠過，枯黄的草葉變成了灰燼，
灰燼是上好的肥料，等下一個春天到來，
她會長得更加美麗！

---

[1] 讀了白居易的詩："離離原上草，一歲一枯榮。野火燒不盡，春風吹又生。" 頗有感觸，遂寫了這首自由體詩，從此用了筆名春草。

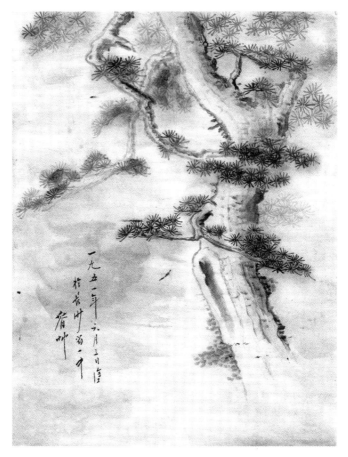

1951 年在湖南省立第一中學（後改名長沙市第一中學）
讀書時自學國畫之一，筆名春草

我們永遠年輕活潑

1953 年 4 月，長沙一中

祖國照滿著太陽，大地上春花怒放，
青春的歌聲嘹亮，我們的心兒跳蕩。

當東方的朝霞出現，優美的音樂在飛揚，
我們在曠野晨跑，迎著那初升的太陽。

當我們端起碗來，喝著第一口豆漿，
每個紅潤的臉上，煥發著幸福的容光。

猛力地吞噬知識吧，前面就是知識的海洋。
想起淮河，想起鞍鋼，我們的心兒飛向了遠方。

心兒飛呀飛向了大地，大地要豎起雄偉的工廠。
心兒飛呀飛到了山間，山間要建設巨大的礦場。

田野等待著拖拉機，敞開了廣闊的胸膛。
三峽的浪濤奔騰咆哮，等待建設龐大的電廠。
祖國未來的工程師，請提起歌喉高聲唱。
歌唱那幸福的未來，歌唱那美妙的理想！

燕子在高空中飛翔，百靈在婉轉地歌唱，
我們永遠年輕活潑，祖國永遠康樂富強！

在新年聯歡晚會上

1954 年 1 月 2 日，北京大學歷史系

你來自西北，你來自江南，
而你來自東北——祖國工業的心臟！

你的歌聲，展現了千里牛羊，
你的歌聲，帶來了江南的稻香。
你的歌聲，好像馬達在鳴響！

那是哪一年級的女生，滿身鄉下姑娘的打扮。
她來自華東海岸，歌聲就像銀鈴一樣：
——"啊，年輕的夥伴們！請不要徘徊在岸上，
也不要做乘船的客人。一定要做勇敢的船夫，
踏破那驚濤駭浪，越過遼闊的海洋！"
我沉入了遐想：我們站在歷史的渡口，
前面是無邊的海洋。春天的早晨，
薄霧烘托著初升的太陽。我跳上大船，
雙手緊抓住船槳——我是一個船夫，
我們大家一起努力，劃向幸福的彼岸！

水調歌頭・殷墟懷古

1962 年秋率領北京大學考古專業學生發掘安陽殷墟有感

盤庚創基業，洹上立殷城。一統山河萬里，功烈維武丁。夷紂擁玉億萬，盡是眾人血汗，設炮烙酷刑。白骨若有知，固應鳴不平。

乾坤改，追往事，久沉淪。昔日孔聖，已歎文獻不足徵。今有太學稚子，專攻大地天書，歷史要究明。帝王何足道，奴隸是主人！

1962 年 12 月在安陽殷墟指導考古實習時，與前來參觀的 56 級校友在工作站前合影。
左起：徐自強、顧敦信、郝本性、嚴文明、王恩田

鯉魚洲放歌

　　1969 年 9 月至 1971 年 9 月，北京大學和清華大學的大部分教師下放到江西新建縣的鯉魚洲，名曰走五七道路。我去了一年，記憶猶新，因略記其事云。

茫茫洪水淹神州，　愚民虐民無來由。

誇說五七道路好，　學軍學農鯉魚洲。

鯉魚洲本是荒洲，　無房無樹無田疇。

自蓋茅棚遮風雨，　要在荒洲度春秋。

學軍不用一枝槍，　道是紅書比槍强[1]。

階級鬥爭天天講，　上工就是上戰場。

幹活不忘戰備忙，　半夜三更軍號響。

我在鯉魚洲勞動的場景

[1] 紅書指林彪所編《毛主席語録》小紅本。當時要求人人"語録不離手，萬歲不離口"。拿着紅寶書就不怕敵人的槍彈。

緊急集合迎戰鬥，　電影三戰正開場[1]。

學農首須扛鐵鍬，　挖泥鏟土勤彎腰。

一身汗水一身泥，　不管烈日似火燒。

歷盡冬春與夏秋，　老九種田又使牛。

小蟲吸血惡蚊咬，　還須鬥私與批修。

戰天鬥地整兩年，　鯉魚荒洲變良田。

秋收過後屈指算，　一斤糧食五塊錢[2]。

忽傳大學還要辦，　五七戰士往回返。

撂下良田無人要[3]，　前途未卜路漫漫。

感 時

1976 年 10 月

慶父不死禍不休[4]，　國難家難無盡頭。

謊言惑眾掀紅浪，　正氣反誣成逆流。

平民百姓受軍管，　民族精英當鬼牛。

水可載舟亦可覆，　掃清孽障換春秋。

[1] 雨天路滑，半夜起來列隊趕往一里多路以外的空倉庫集合待命，不少人摔了一身泥，懵懵懂懂中方知要看老電影。說是要接受毛澤東思想教育以加強戰備思想云云。三戰指《地雷戰》《地道戰》《南征北戰》三部電影，時稱"老三戰"。
[2] 在鯉魚洲流行一句口頭禪，說"知識分子種稻田，一斤糧食五塊錢"！當時稻穀的實際價格大約 8—9 分錢一斤。
[3] 撤離鯉魚洲時，曾經辦理移交當地政府的手續，因是血吸蟲重災區，無人願意遷入。
[4] 春秋時魯莊公大弟慶父長期干政，魯國大亂。時人謂"慶父不死，魯難未已"。

自由女神贊

1986 年 7 月 2 日，乘游艇在紐約哈得遜灣瞻仰自由女神像時有作

自由女神到美洲[1]，高擎火炬照寰球。
專制魔王須斬盡，　世界大同方自由！

紐約哈德遜灣的自由女神像

内蒙古考古行

1989 年 8 月 12—18 日在内蒙古凉城縣老虎山考古工作站參加"内蒙古中南部原始文化研究暨園子溝遺址保護科學論證會"期間，在岱海岸邊散步，有感而發。

天蒼蒼，野茫茫，内蒙古，好地方。

---

[1] 此神像是法國雕塑家巴拉爾迪爲慶祝美國獨立一百周年而創作，並作爲法國人民的禮物贈送到紐約的。

牛羊肥，駝馬壯。文物多，歷史長。

考古人，揮手鏟。釋天書，解迷茫。

民族文化大發揚，振興中華譜新章！

與郭素新和李伯謙在岱海上

在陰山下敖包旁騎馬體驗大草原風光

六十自勉

1992 年 10 月

泛舟學海，　雨驟風狂。　胸有南針，　永不迷航。
有容乃大，　無私自強。　觀今鑒古，　其樂洋洋。

扶桑歌

　　1993 年 10 月中旬應邀參加日本福岡市主辦的國際學術討論會，期間於 8 日到博多灣東北的志賀島，參觀"漢倭奴國王"金印出土地點。同行的有浙江省人大副主任毛昭晰和中國歷史博物館副館長杜耀西。之後日方又贈送我該金印的複製品。據考證此印係東漢初年光武帝授予倭地奴國國王的，至今已一千九百多年了，説明中日友好關係源遠流長。據説此印已列爲日本國寶，彌足珍貴。此情此景，感慨良深。夜不成寐，作此《扶桑歌》。

旭日出扶桑，　浮現海中央。　徐福今何在？　騙了秦始皇。
志賀見金印，　漢授倭奴王[1]。　從此結友好，　至今不相忘。
大和平地起，　厥有倭五王[2]。　飛鳥興邦國，　改革圖興旺[3]。
奈良國漸強，　遣使到大唐[4]。　空海造假名，　日文乃首創。

---

[1]《後漢書・東夷傳》載："建武中元二年（公元 57 年），倭奴國奉貢朝賀，使人自稱大夫……光武賜以印綬。"
[2] 公元三世紀在今關西的大和平原上建立了大和國。進入五世紀後，大和國勢力擴張，先後有五位著名國王，史稱倭五王。
[3] 飛鳥時代（公元 593—710 年）的孝德天皇推行重大的政治經濟體制改革，史稱大化改新，促進了日本社會的全面發展。
[4] 奈良時代（公元 710—794 年）日本國力漸強，廣泛發展對外關係，大量派送遣唐使、留學生、學問僧到中國唐朝，全面學習唐朝的政治、經濟和文化。據説按照漢字偏旁爲日本首創假名的空海就是曾被派往大唐的學問僧。

日本志賀島發現的金印，文字爲漢倭奴國王

在日本九州志賀島出土 "漢倭奴國王" 金印地點留影
同行有毛昭晰（右）和杜耀西

平安不平安[1]，幕府有鎌倉[2]。室町到戰國，　國運久不昌[3]。
江戶尚傳統，　目標是小康[4]。明治倡維新，　脫亞入歐忙。

---

[1] 平安時代（公元 794—1184 年）皇室式微，外戚專權，武士興起，農民起義不斷，所
　　以並不平安。
[2] 鎌倉時代（公元 1184—1333 年）是起於鎌倉幕府的武士當權，中日民間往來甚多。
[3] 從室町到戰國的兩百多年間，地方勢力膨脹，群雄割據，互相攻伐，社會動盪。中日
　　政府間很少往來，但民間交流活躍。不少中國學者、僧人、商人和工匠來到日本。
　　宋代理學和禪宗佛教也有很大影響。
[4] 江戶時代（公元 1600—1853 年）的實際掌權者是德川幕府，政治中心從關西遷到了
　　關東。統治者篤信儒學，加強對地方的控制，取得兩百多年比較平穩的發展。之後
　　的明治維新一改江戶傳統，向西方一邊倒，主張脫亞入歐，大肆進行侵略擴張。

窮兵又黷武，　揚威我北洋。　奪我臺灣島，　吞滅琉球王。

昭和崇軍國，　氣焰更囂張。　侵我大中華，　轉戰太平洋。

勾結希特勒，　東亞稱霸王。　生靈遭荼毒，　軍民齊抵抗。

終究乾坤轉，　正義得伸張。　戰犯下地獄，　武運不久長。

今日話友誼，　歷史不能忘。　教訓須汲取，　爭做好鄰邦！

自題小照

1995 年 10 月 14 日

華容道上客[1]，八嶺嚴家人[2]。本名字浚哲，　大號是文明[3]。

平生學考古，　鑒古以觀今。　莫道書生小，　常懷濟世情！

---

[1] 據考證我的出生地湖南省華容縣乃三國時期華容道之所在。
[2] 華容縣城南的嚴八嶺爲嚴姓世代的聚居地。
[3] 先父據《尚書·舜典》歌頌帝舜功德的"浚哲文明"爲我取此名號。

滑鐵盧祭

1998 年 5 月 1 日參觀比利時布魯塞爾以南的滑鐵盧 (Waterloo)，在一座人工築成的小山頂上豎立一尊象徵拿破崙的雄獅雕像。蓋世英雄拿破崙最後就是慘敗在這個地方。

蓋世英雄拿破崙，　橫掃千軍無比倫。

千秋功罪任評說，　滑鐵一戰定乾坤！

紀念滑鐵盧戰役的雄獅雕像

七十感懷

　　年屆古稀，門人祝壽，我則不知老之將至。想業師季庚，壽秩八十，學界尊爲泰斗。啟蒙師苑峰，大壽九十，早登學苑巔峰[1]。石翁璋如，爲我邦考古學先驅，期頤百歲，耳聰目明，筆耕不輟。嗟乎！人壽短長固不可期，要在有所作爲。諸師景行，世所仰慕。晚生不才，自當朝暮奮蹄。壬午孟冬 10 月 14 日夜書。

一

七十古稀今不稀，　八十學嶺展大旗；

九十鶴髮心未老，　百秩壽翁乃稱奇！

二

學海無涯生有期，　師道不可須臾離。

晚生不知黃昏至，　朝朝暮暮自奮蹄！

歸 故 里

2005 年 11 月

故園別經年，往事如煙。舊友難尋舊宅偎。

祠堂廟宇今何在？換了新顏！

圍湖造農田，栽稻種棉。汽車駛過君山前[2]。

無邊洞庭不復見，感慨萬千！

---

[1] 宿白先生號季庚，張政烺先生字苑峰。
[2] 君山原在洞庭湖中，李白詠君山詩形象地比喻爲："白銀盤裏一青螺。"

世事總難言，發展優先。弟妹相聚話纏綿。

兒孫濟濟時運轉，奮發向前！

2005 年 11 月的嚴家灣，我家的舊房子和後山的大樹都不存在了！

兄弟齊聚岳陽樓
左起：四弟文才、妹夫羅學文、大哥文明、三弟文光、二弟文思

拜謁啓蒙師

　　2005 年 11 月 11 日回湖南華容故鄉期間，特偕胞弟文思拜謁敬愛的小學老師黃劍萍。先生筆名黃花瘦，博學多才。曾任湖南《湘潭報》與《建設報》記者和編輯，1957 年因直言獲罪。闊別六十年矣，知先生長期遭受打擊迫害，然錚錚硬骨，從不低頭，猶如傲霜的黃菊，受到衆人的尊敬。

陶令東籬下，　黃花何其瘦。

凜然傲霜雪，　而今呼萬壽！

拜謁黃劍萍老師

訪母校華容一中

2005 年 11 月

　　華容一中原名華容縣立初級中學，早年爲沱江書院，位於華容河即沱江東岸的黃湖山麓，傳爲楚章華台舊址。我曾於 1947—1949 年就讀於該校。時值校慶六十周年前夕，得重返母校，情不自禁，爰作"沱江書院"嵌頭詩一首以志慶。

沱水黃湖伴章華，　江帆萬里映朝霞。

書山學海等閑過，　院育群英堪讚誇！

祝佟老八十六華誕

佟柱臣先生是我尊敬的前輩，一生奉獻考古學研究，著作等身，涉獵面極廣。2006 年是先生 86 華誕，特書小詩爲先生壽！

佟老不服老，　病魔打不倒。　著述如湧泉，　筆耕似小跑。

東北情獨鍾，　博物亦所好。　遍覽新石器，　復把邊疆考。

老驥不稍息，　考古情未了。　晚生祝先生，　長壽永不老！

賀高明兄八十華誕

嵌頭詩 2006 年 12 月

高屋建瓴，　明察秋毫。　治文有術，

學領風騷。　之人有德，　道非常道[1]。

---

[1] 高明曾著《帛書老子校注》。長沙馬王堆帛書《老子》的《德經》在前，爲《德道經》。我則謂高明斯人有德有道，且此道乃老子所説"道可道，非常道。"此賀詞以"高明治學之道"嵌頭。

陽關曲

　　2007年9月，甘肅考古所王輝接我和内人到該省參觀考察，先後到蘭州、臨夏、天水、武威、張掖、嘉峪關和敦煌等地。又由敦煌研究院接待參觀莫高窟、玉門關和陽關等地，再由新疆文物局和西北大學接待到哈密和巴里坤等地參觀訪問，一路接待都非常熱情周到，感覺到處都是親人。9月26日到陽關，因聯想到王維《渭城曲》中"勸君更盡一杯酒，西出陽關無故人"句，反其意而用之。

三菱越野步輕盈，　頃從敦煌到玉門。

葡萄美酒會須醉，　西出陽關有親人。

在甘肅陽關題詞"西出陽關有親人"

新疆謠

2007 年 9 月作，2017 年 9 月修改

新疆似應稱西疆，　漢唐西域是故鄉。

都護長史勤治理，　盛世偉業乃興旺[1]。

東西交流大通道，　絲路商旅穿梭忙。

天山橫貫分南北，　南北風光異彩色。

北疆天然好牧場，　牛羊駝馬多肥壯。

南疆綠洲似江南，　處處都有稻花香。

東疆火州吐魯番，　葡萄瓜果甜又香。

原來連串坎兒井，　雪水引來作保障。

新疆是個好地方，　幸福生活須安康。

東突逆賊心不死，　亂疆沒有好下場。

各族同胞齊努力，　建設新疆好地方！

2007 年 9 月 30 日偕夫人在新疆巴里坤天山北坡留影

从上至下：雪岭、云杉森林、大草原

---

[1] 漢武帝太初四年（公元前 101 年）置使者校尉駐今輪台的烏壘城，漢宣帝神爵二年（公
　元前 60 年）置西域都護府，仍駐烏壘城。唐貞觀十四年（公元 640 年）設安西都護
　府於交河，後移至今阿克蘇的龜茲。

三亞抒情

　　2009 年 12 月 5—15 日，由國家人力資源和社會保障部組織院士專家休假團赴海南度假旅游，我和夫人被邀參加。先後到海口、瓊海、博鰲、萬寧、興隆、陵水和保亭等地，最後在三亞盡興賞景抒情。時間雖短，卻令人難以忘懷。

三亞本屬崖州城，　河分三丫乃諧音[1]。

昔日天涯海角地，　可憐無數發配人[2]！

如今高樓平地起，　商行賓館滿新城。

中外旅游人如織，　盡賞南國好風情。

三亞屢見唐人墓，　所葬何人待究明。

郊外萬年落筆洞[3]，　更增訪客探幽情。

三亞背後依保亭[4]，　熱帶雨林滿山青。

黎女聲聲呀諾達[5]，　游人處處感真情。

三亞迤西有南山，　山寺巍峨香火盛。

南海觀音三面望[6]，　慈航普渡惠蒼生。

三亞往南有三沙[7]，　好似珍珠海上撒。

國人自古勤開拓，　友鄰應知屬誰家！

---

[1] 三亞市內有東河、西河，合流後呈“丫”字形，因名三丫，取諧音爲三亞。

[2] 三亞西邊巨石上有往昔書刻的“天涯”“海角”大字，歷來是發配犯人或遭貶斥流放的官吏的處所。

[3] 三亞東北郊的落筆洞中發現了許多人牙、石器、骨器和用火痕跡，碳 -14 測定爲距今 10890 年左右。

[4] 保亭曾經改名爲通什，爲海南黎族苗族自治州首府。現改爲保亭黎族苗族自治縣，建有國家熱帶雨林保護區。

[5] 黎語呀諾達即一二三，表示歡迎之意。

[6] 南山寺南面海中立有一尊觀音菩薩像，高數十米，東北西三面都是正面朝向。

[7] 三沙指西沙、中沙和南沙，但中沙未露出水面。另有東沙在三亞的東北面，都是我國固有領土。

從三亞望南海

長島書懷

2010 年 6 月

　　我於 1980 年初次到長島考古，至今三十年矣。當年欲探索的問題已獲豐碩成果，長島面貌亦已發生巨大變化。而今重登此島，撫今思昔，不勝感慨，因賦詩二首。

一

長島考察三十年，　北莊大口到山前[1]。

東夷功業開新宇，　海上文明著先鞭[2]。

---

[1] 在長島縣的大黑山島北莊、南長山島樂盤、砣磯島大口、大欽島東村和北隍城島山前
　　等處都發現了距今約六千年的聚落遺址。
[2] 從長島史前文化遺存的分析可以清楚地看到東夷祖先從山東半島渡海到遼東等地，率
　　先開拓海疆的過程。

偕夫人重返長島看北莊遺址博物館

二

蓬萊傳說有神仙，　海市蜃樓似有緣。
幻影哪如真實美，　從來仙境在人間！

觀黑山巨型雕像

2010 年 9 月 18—19 日去美國南達科達州黑山森林公園參觀拉希莫爾（Rushmore）總統山和印第安人英雄名爲烈馬（Crazy horse）的巨型雕刻有感。

黑山森林多石峰，　高低錯落各不同。
雕刻大師發奇想，　要把山峰變總統。
歷盡艱辛十四載，　拉希莫爾現尊容。

同女兒嚴一萍參觀美國黑山四位總統的巨型雕像

在黑山森林印第安英雄烈馬雕像前

首席國父華盛頓，　傑斐林肯與羅公[1]。

立國建國施新政，　躍居世界第一雄。

白人總統誠可敬，　殖民歷史不光榮。

印第安人要覺醒，　再塑英雄顯威風。

特選近旁大山峰，　體量遠超四總統[2]。

開山鑿石數十載，　誓將頑石變英雄。

英雄躍馬指大地：　此地原是我們的！

昔日馳騁無邊際，　豈能安處特居地？

印第安人不忘祖，　辛酸往事難回首。

過往歷史漸成灰，　流水逝去不復回。

如今誰人能評說，　世道多少是與非！

悼徐萍芳

2011 年 5 月 30 日

力耕汉唐　学領风骚　城市考古　尤多捉刀

刚毅正直　人人稱道　斯人虽去　大树不倒

---

[1] 傑斐即傑斐遜，羅公爲羅斯福。華盛頓領導獨立戰爭，建立美利堅合衆國；傑斐遜領導起草美國獨立宣言，提倡保護人權；林肯領導美國南北戰争，解放黑奴；羅斯福實行新政，領導美國參加二次世界大戰並取得勝利，使美國成爲世界上的頭等強國。

[2] 四總統胸像高約 49 米，寬約 56 米。印第安英雄躍馬像高約 172 米，寬約 195 米，至今尚未完工。

八十自壽

2011 年

從心所欲又十秋[1]，耄耋老身未白頭。

學海茫茫看北斗， 大江滾滾向東流。

祝我健康亞健康， 賀我長壽准長壽。

健康長壽爲什麽？ 不教歲月空悠悠！

在 80 壽辰慶典上

---

[1] 孔夫子自稱 "七十而從心所欲，不逾矩"。

在 80 壽辰慶典上和夫人在一起

八十抒懷

2012 年 2 月 1 日起稿，2013 年 4 月 1 日改定

華容道上客[1]，高山流水情[2]。楚風垂百代[3]，洞庭育丹心。

自幼受家訓，立志做仁人。潛心學孔孟，不沾官與銀[4]。

孔孟重人倫，不言鬼與神。我亦不信神，最愛是賽因[5]。

久慕北大名，負笈上京城。如願登太學，難進賽因門。

---

[1] 據考證湖南省華容縣乃三國時期華容道之所在。我雖出生在此，並度過了寶貴的少年
時光，畢竟祇是一位道路上的過客。
[2] 華容嚴姓崇尚先祖漢代嚴子陵的高風亮節，尊之爲"高山流水漢先生"。
[3] 唐代林寶撰《元和姓纂》謂"嚴姓，楚庄王支孫以謚爲姓"，當爲嚴姓之始。如此説
來，我也是帝高陽之苗裔啊！
[4] 我曾經自銘曰：一不做官，二不斂財，修身格物，賢哲情懷。
[5] 賽因是英文 Science 的音譯，意思是科學。

無奈換門徑，　乃讀無字經[1]。　無字如何讀？　還得靠賽因。

首讀地層學，　繼而攻類型。　時空框架立，　文化譜系清。

文化何所依？　理應看環境。　若要觀社會，　須察聚落群。

社會有發展，　聚落有變更。　發展有高下，　水準看中心。

科技做手段，　探索淺入深。　宏觀到微觀，　歷史可究明。

燕園學未已，　乃作田野行。　內蒙初學步，　邯鄲總練兵[2]。

王灣顯身手，　分期最細心。　伊洛廣調查，　譜系明如鏡[3]。

中國考古學，　起自仰韶村。　人人說仰韶，　觀點亂紛紛。

原因究何在？　無非在地層。　我讀仰韶經，　王灣做典型。

王灣觀仰韶，　混亂終釐清。　半坡廟底溝，　關係亦甚明[4]。

分區理頭緒，　匯總看演進。　潛心二十載，　條理遂分明[5]。

全國新石器，　仰韶是中心。　以之爲鑰匙，　開啓研究門。

甘肅走廊地，　文化通東西。　彩陶何方來？　歷來有分歧。

細研雁兒灣，　續考青崗岔。　逐一溯源流，　西來變西進[6]。

---

[1] 這裏指考古學，因第一志願物理系未被錄取，遂改學考古。考古學主要靠地下的實物
　　遺存來進行研究，所以被稱爲無字地書。
[2] 1956 年暑期跟從裴文中先生到內蒙古實習，初步知道考古是怎麼回事；1957 年下學
　　期到河北邯鄲進行田野考古基礎實習，才得到比較全面的訓練。
[3] 1960 年上學期到河南洛陽王灣等地指導學生進行考古實習，發掘資料經過整理研究，
　　初步建立了當地新石器時代文化的詳細分期和發展譜系。
[4] 我於 1986 年發表《從王灣看仰韶》（載《仰韶文化研究》，文物出版社，1989 年），
　　首先將仰韶村遺址的文化遺存分爲先後相繼的五期，不但澄清了長期認識的亂局，
　　半坡、廟底溝兩個類型孰早孰晚的問題也不言自明。
[5] 參見拙著《仰韶文化的起源和發展階段》，載《仰韶文化研究》，文物出版社，1989 年。
[6] 我於 1963 年帶領學生到甘肅實習，發現史前彩陶是從陝西關中沿渭河進入甘肅後，
　　一直向西到達河西走廊的西端，明顯是向西發展而不是相反。後來發表《甘肅彩陶
　　的源流》（《文物》1979 年 1 期），把這個問題說清楚了。

回頭考殷墟，　又作周原行。　還探楚郢都，　遍覽古文明[1]。
轉身赴膠東，　遺址處處尋。　求索東夷跡，　岳石珍珠門。
膠東通遼海，　海中有蓬萊。　首批過海客，　傳說是八仙。
北莊到山前，　考古越十年。　始知探海者，　東夷著先鞭[2]。
齊魯意未盡，　揮師長江邊。　目標石家河，　平野見城垣。
宗教遺跡多，　文字露端倪。　意者三苗氏，　都城在此建[3]。
此處尚蹉跎，　良渚捷報傳。　反山與瑤山，　祭壇兼墓園。
玉器多而精，　世間所罕見。　琮鉞均上品，　神徽喻王權。
圍繞莫角山，　驚現大城垣，　更有塘山壩，　古國都城現[4]！
往北看紅山，　聚焦牛河梁。　玉器別一格，　塚壇遍山間。
更有祖神廟，　塑像甚莊嚴。　文化雖有別，　同是文明源[5]。
回頭看仰韶，　靈寶鑄鼎原[6]。西坡建殿堂，　大墓亦顯眼。
墓中葬玉鉞，　首創是黃帝[7]。文明現曙光，　已超五千年！
中華古文明，　持續到如今。　緣何未中斷，　道理要闡明。

---

[1] 我於 1962 年到河南安陽殷墟指導學生考古實習。1975 年參加湖北江陵楚國郢都紀南城考古大會戰，主持城中 30 號宮殿遺迹的發掘。1976 年在陝西周原主持岐山鳳雛遺址的考古發掘，首次發現了一座完整的西周宮殿基址。

[2] 我於 1978 至 1987 年主持膠東考古前後十年，主要是探索東夷的文化遺存，參見《東夷文化的探索》，《文物》1989 年 9 期。

[3] 我於 1987 至 1991 年主持湖北天門石家河遺址群的考古發掘與研究工作，先後出版了《肖家屋脊》《鄧家灣》《譚家嶺》三部發掘報告和一份調查報告。參見拙著《石家河考古記》，載《肖家屋脊》，文物出版社，2004 年。

[4] 參見拙著《良渚文化與中國文明的起源》，載拙著《中華文明的始原》，文物出版社，2011 年。

[5] 參見拙著《紅山文化五十年》，載《紅山文化研究》，文物出版社，2006 年。

[6] 河南靈寶鑄鼎原傳說爲黃帝鑄鼎之處，漢唐曾經在此建黃帝廟，歷代亦多次立碑紀念。原上有西坡仰韶文化遺址。

[7] 《越絕書·寶劍篇》謂："黃帝之時以玉爲兵。"石鉞和玉鉞是中國史前文化中第一種專門性武器。

我編文明史，　注重溯淵源。　一要看環境，　二要看史前[1]。
史前根基深，　遠超百萬年。　祖先足跡勤，　神州全踏遍。
進入全新世，　氣候大轉變，　神州腹心地，　環境最優先。
北有黃土地，　南有長江水，　水熱同步行，　農業應運生。
少時學農耕，　種稻有感情。　欲問何時起，　考古來追尋。
首探紅花套，　續有河姆渡，　彭頭山上山，　萬年已靠近。
最初發源地，　多年說不清。　邊沿理論出，　長江是中心[2]。
南方栽稻穀，　北方種粟黍。　南北相伴生，　猶如雙子星[3]。
農業大發展，　文明亦漸進。　六大起源地，　中原是中心。
大河為主體，　周圍漸跟進。　重瓣花朵開，　整體格局清[4]！
母親是黃河，　長江是父親。　父母育兒女，　炎黃多子孫。
子孫締華夏，　神州亮明燈。　璀璨如朝日，　照澈寰球東。
三代創偉業，　漢唐競輝煌，　宋元大轉變，　明清放餘光。
工業革命起，　西方逞霸強。　應對多失據，　神州大震蕩。
辛亥建民國，　帝制改共和。　國人大歡喜，　好事又多磨。
內憂加外患，　眾生可奈何？　幸有根脈在，　志士仁人多。
浴血保家國，　重振舊山河，　全民齊努力，　奮力勤開拓。
中華尚仁義，　自強不欺弱，　建設新世界，　同唱大同歌！

---

[1] 我曾與袁行霈、張傳璽和樓宇烈共同主編四卷本《中華文明史》（北京大學出版社，
　　2006 年），2012 年英國劍橋大學出版社出版英文本。
[2] 參見拙著《長江文明的曙光》，湖北教育出版社，2008 年。
[3] 參見拙著《農業發生與文明起源》，文物出版社，2004 年。
[4] 參見拙著《中國史前文化的統一性與多樣性》，該文是 1986 年 6 月 22 日在美國弗吉
　　尼亞州的艾爾萊別墅召開的"中國古代史與社會科學一般法則國際研討會"上的發
　　言稿，中文發表於《文物》1987 年 7 期。本文提出中國史前文化形成了一個重瓣花
　　朵式的格局，它是一個很強凝聚力的超穩定結構，對往後中國歷史的發展有深刻
　　的影響，是中華文明之所以歷經數千年而從未中斷的深層原因，也是形成以漢族為
　　主體的多民族統一國家的基礎。

我本一書生， 教書又育人， 能力固然小， 世事總關情。
潛心習考古， 鑒古以知今。 漫漫修遠路， 前途有光明！

九曲溪漂流

2012 年 5 月 28 日，到閩北武夷山九曲溪乘竹筏漂流後有作

閩北武夷景色幽， 清溪九曲繞山丘。
丹崖肅立迎游客， 綠樹婆娑頻點頭。
兩岸風光看不盡， 一張竹筏任漂流。
平生不信神仙事， 卻似神仙天上游。

與吳春明乘竹筏在九曲溪上漂流

爲《中國社會科學報》題詞

2013 年 7 月 1 日

學術有傳承，　發展靠創新。

傳承知根脈，　創新是生命！

爲鄭州古都學會成立十周年題詞

2013 年 9 月 16 日

炎黃締華夏，　中原一朵花。　重瓣放異彩，　夏商定天下。

湯亳今何在？　考古來探查。　潛心做保護，　古都在腳下！

漁家傲·登石峁山城

　　2013 年 10 月 14 日，我同趙輝、吳小紅和大貫静夫到陝西神木縣，在陝西省考古研究所王煒林、孫周勇和邵晶等陪同下登臨石峁山城。該城依山而建，氣勢磅礴。我身處其境，深爲震撼。神木古爲麟州，北宋范仲淹曾戍邊於此，寫下著名的《漁家傲·麟州秋思》一詞，我亦有感而填《漁家傲》詞一首。

石峁山城風景異，老夫邁步登石級。

走近東門尋彩壁，殘跡裏，紅黃白色皆鮮麗。

巍巍皇城居重地，層層疊石圍臺壁。

禮玉琳琅璋與璧，驚未已，文明火炬邊城起！

在石峁山城考古工地上

石峁外廓城東門石牆下塌落的白灰牆皮，上有紅黃白色彩繪

燕園情思

2013 年 10 月

我志在北大，　北大伴清華。　城中難發展，　燕園安新家。

初進新校園，　望見博雅塔。　塔影映未名，　風景美如畫。

湖畔有書齋，　冠名德與才。　德才均備全，　體健好身材[1]。

元培老校長，　自由攬人才。　精英多聚集，　包容大胸懷[2]。

獨秀舉大旗，　請來德與賽[3]。　德賽配德才，　育出棟樑材！

敬愛馬校長，　親如好家長。　師生皆兄弟，　獨膽擔大義[4]。

倡新人口論，　宣講費苦辛。　威權壓不倒，　拳拳報國心。

難忘五七年，　春風拂燕園。　爲表愛國情，　赤子獻丹心。

忽聞悶雷聲，　黑雲頓壓城。　有理無處申，　失言變罪人。

五八大躍進，　教育要革命，　師生勤出進，　燕園不寧靜。

文化大革命，　大革文化命。　教授挨批鬥，　知識當糞土。

沒事打派仗，　學校變戰場。　回首燕園夢，　世事成渺茫。

浩劫十年過，　青春逐逝波。　歲月催人老，　不容再蹉跎。

教學回正軌，　科研爬高坡。　繼承好傳統，　更要唱新歌。

奮力數十年，　北大換新顏。　瓊樓拔地起，　學術勇爭先。

---

[1] 未名湖北岸七座書齋冠名爲德、才、均、備、體、健、全，後將前五座改稱紅一至紅五樓。

[2] 蔡元培任北大校長期間提出"思想自由，相容並包"的辦學方針，爾後成爲北大的重要傳統。

[3] 曾任北大文學院長的陳獨秀首先提出要"擁護那德謨克拉西（民主）和賽因斯（科學）兩位先生"。

[4] 馬寅初校長對師生講話時，開頭總是説"諸位兄弟！兄弟我要講的是……"非常親切。

六十春秋，湖塔依舊，耄耋老叟，樂以忘憂。兩邊是女兒和外孫

大師勤授業，　學子多出色。　科學上高峰，　院士超五百[1]。
聲譽遍寰宇，　迎來遠方客[2]。回首崎嶇路，　難免斷魂魄。
閑來未名行，　處處是柳蔭。　柳蔭遮不住，　博雅偉岸身。
精神沁人心，　北大催上進。　我爲北大人，　心中有明燈。
老來當益壯，　不負培育恩。　坎坷六十春，　不改燕園情[3]。

---

[1] 歷年被選爲中國科學院院士和工程院院士的北大教師和校友超過 500 人，多人獲國家
　　最高科學技術獎。
[2] 據不完全統計，北大在校外國留學生約 4000 人。每年接待兩萬多外賓，包括約 80 位
　　外國大學校長。
[3] 我在燕園學習和工作已逾六十春秋。個人的青春、理想和事業，都是跟燕園分不開的。

讀《牛棚雜憶》有感

2014 年 5 月

　　北大歷史系同窗好友郝斌在"文革"中曾遭江青點名，被打入牛棚，受盡折磨。2013 年在《光明日報》發表《牛棚雜憶》，2014 年 1 月又在臺北出版《流水何曾洗是非》，深刻揭露了"文革"滅絕人性的反人類罪行。文章和書都從"文革"初北大歷史系所在三院門前的一副對聯講起。原對聯是"廟小神靈大，池淺王八多"。得到某公欣賞，要更改"池淺"為"池深"。從此北大以至全國都陷入十年浩劫之中！

　　小院聚名師，　潛心育人才。　學問登泰斗，　世人皆敬愛。
　　某公有他謀，　想事遂偏歪。　小院變深池，　多藏王八仔。
　　憤然掀惡浪，　神州成苦海。　寄語後來人，　慎辨好與歹！

中華文明的曙光組詩

鑄鼎塬之魂

2018 年 3 月 10 日

靈寶荊山下　　有座鑄鼎塬　　始初鑄鼎者　　傳說是黃帝[1]
傳說難當真　　可含真素地[2]　考察鑄鼎塬　　遺址頗大氣

西坡的宮殿基址

---

[1]《史記・封禪書》說"黃帝采首山銅，鑄鼎于荊山下。鼎既成，有龍垂胡髯下迎黃帝，
　　黃帝上騎。"漢初即在鑄鼎塬修黃帝廟，後有幾次重修，今有廟址和黃帝廟碑。
[2] 尹達說："從考古發掘中還發現了和'傳疑時代'的某些部族裏的可能有相當關係的
　　各種不同的新石器時代的文化類型。從地望上，從絕對年代上，從不同文化遺存的
　　差異上，都可以充分證明這些神話的傳說自有真正的史實素地，切不可一概抹煞。"
　　此話有理。見《尹達集》5 頁，中國社會科學出版社，2006 年。

西坡北陽平　仰韶中晚期[1]　悠悠五千年　正合黃帝紀[2]

黃帝鑄鼎畢　乘龍飛天际　化魂游廣宇　巡視神州地

仰韶無銅器　厥有大鷹鼎[3]　蒼鷹化龍身　騰雲上天空[4]

西坡有殿宇　似若黃帝宮[5]　西坡葬玉鉞　豈非黃帝兵[6]

黃帝戰蚩尤　是始締華夏　鑄鼎塬之魂　黃帝定天下

趙寶溝之尊

2018 年 4 月 10 日

敖漢趙寶溝　狩獵又農耕[7]　前承興隆窪　後啓紅山群[8]

---

[1] 西坡、北陽平約當仰韶文化的中期偏晚，遺址之大和規格之高也是仰韶文化中少見的。西坡墓地的年代約在公元前 3300—前 3000 年，也就是距今五千多年。見中國社會科學院考古研究所等：《靈寶西坡墓地》281 頁，文物出版社，2010 年。

[2] 按照傳統的説法中華文明五千年，黃帝是中華的人文始祖。

[3] 與西坡仰韶文化大墓同時和具有同等規格的陝西華縣泉護遺址的 701 大墓出有黑陶大鷹鼎，見北京大學考古系著：《華縣泉護村》73—77 頁，科學出版社，2003 年。

[4] 陝西華縣泉護村農民採集一件仰韶文化的彩陶盆，上面畫了兩條鳥首龍身的圖形，現藏鄭州華夏博物館。

[5] 西坡遺址中心部位發現五座大型房屋基址，每座近 200 平方米。最大的一座連同室外回廊有 500 多平方米。室內地面經過特殊加工並塗彩色，應當是宮廟級別的大型禮制性建築。

[6] 西坡有多座大墓隨葬玉鉞。傳爲東漢袁康著《越絶書》中記載春秋時的風胡子對楚莊王説："軒轅神農赫胥之時以石爲兵，黃帝之時以玉爲兵，禹穴之時以銅爲兵，當此之時作鐵兵"。這段話非常符合現代考古學揭示的實際情況，説明西坡玉鉞就應當是黃帝時期首先使用的兵器。

[7] 趙寶溝遺址中出土大量野生動物骨骼，主要有鹿、狍、野豬和鳥類。狩獵經濟佔重要地位。同時又出土不少農具，還有少量家豬骨骼，證明已經有農業和養畜業經濟。見中國社會科學院考古研究所：《敖漢趙寶溝——新石器時代聚落》，中國大百科全書出版社，1997 年。

[8] 趙寶溝文化的年代，據碳 -14 測定和適當調整，爲距今約 7000—6400 年，在興隆窪文化和紅山文化之間，文化上也是承前啓後。

陶器多刻紋　　規矩有準繩　　最酷黑陶尊　　腹部畫細紋
運筆如流水　　構圖極生動　　多見叉角鹿　　常伴野豬行
鷹嘴白天鵝　　還有牛角形[1]　動物皆龍身　　變幻如行雲
內容難解讀　　宗教含義深　　史前藝術品　　世間無比倫

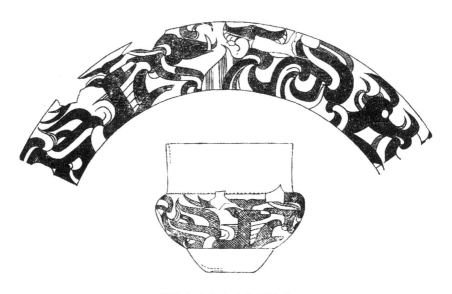

敖漢旗小山出土的黑陶尊

[1] 趙寶溝遺址出土動物骨骼最多的是鹿類和野豬，還有水牛和天鵝骨骼。見佐川正敏：
《第四種動物的探索——中國內蒙古地區趙寶溝文化尊形器動物紋飾再考》，《紅
山文化研究——2004 年紅山文化國際學術研討會論文集》531—533 頁，文物出版社，
2006 年。

牛河梁之祭

2017 年 5 月 8 日

红山文化在燕遼　　地跨赤峰與朝陽

朝陽三縣交界處　　有座古老小山梁[1]

山梁臨近牤牛河　　因河得名牛河梁

梁上石塚數十座　　聚葬大小紅山王

人工鑿石修墓穴　　墓墓皆用玉殮葬

十六地點墓最大　　隨葬玉人玉鳳凰

墓穴之上築石塚　　繞塚布列彩陶筒

塚畔多少陪葬客　　是親是奴已難説

如此安排爲墓祭　　祭日親眷皆守禮

大祭須上老祖廟[2]　　祭天應登大祭坛[3]

祖廟旁設大廣場[4]　　顯示祭祖大排場

祖廟供奉諸祖神　　是男是女難厘清

紅山神人愛裸身　　泥塑石雕重傳神

女人大肚似懷孕[5]　　男人蹬靴壯健身[6]

---

[1] 牛河梁在朝陽地區的凌源、建平和喀左三縣交界的地方。

[2] 牛河梁第 1 地點被稱爲 "女神廟" 的遺跡中，發現有 7 個個體的泥塑神人殘塊，性別難以確定，稱祖廟或祖神廟比較恰當。

[3] 牛河梁第 13 地點爲一大土壇，中間用夯土築成直徑 40 米、高 7 米的壇體，外包石塊並砌石墙，增加到直徑 60 米，外面再鋪石塊，成爲直徑 100 米的巨大祭壇。

[4] 祖廟近旁有三個廣場，總面積約 40000 平方米。旁邊的窖穴中發現有許多大型祭器。

[5] 東山嘴發現的婦女陶塑突出表現大肚。

[6] 牛河梁第 5 地點發現的男人陶塑特意表現健壯有力的樣子。

牛河梁第一地點出土陶塑人頭像　　　　敖漢旗興隆溝出土陶塑人

石像首推草帽山[1]　　陶塑最酷敖漢人[2]
玉器最愛岫岩料　　　加工重形不重紋
猪龍非猪亦非龍　　　寓意深奧難説清
勾雲形器最難解　　　龜鳥蟲魚多寫真
彩陶工藝學仰韶　　　素陶保持舊傳統
晚來再學大汶口　　　脱胎變身小河沿
再變進入夏家店[3]　　文明持續數百年
文明之光何時起　　　溯源還看牛河梁

[1] 敖漢旗四家子草帽山紅山文化積石塚出土完整石雕人像和兩個臉部殘塊。
[2] 敖漢旗興隆溝紅山文化房址中出土形體完整的坐姿陶塑人，大小幾乎接近真人。
[3] 紅山文化之後依次爲小河沿文化和相當於夏代紀年的夏家店下層文化。

大汶口之春

2017 年 10 月 1 日

泰山腳下大汶河	大汶河口史跡多
少昊駐蹕大汶口[1]	東望日出泰山阿
鳥官鳥名用鳥彝[2]	刻畫圖形似文字
日出山崗伴彩雲	武器工具有斧斤
昆侖墟東壽華野	羿戰鑿齒屬内争[3]
陶器多種多顏色	黑白紅灰配淺青
手工技藝與時新	玉石牙骨樣樣精
生機勃發春長在	首派焦家守北庭
東南進駐陵陽河	再進大朱小朱村
乘勢更往海邊拓	累建五蓮丹土城[4]
北渡渤海闖遼東	蓬萊仙子相迎送
南向花廳阻良渚	拐彎伸臂到蒙城
擠壓仰韶老鄰居	直逼嵩岳中州境
晚年變身成龍山	蛋殼黑陶無比倫
從此東夷與華夏	上古文明兩平分[5]

---

[1] 傳説少昊都曲阜，史前曲阜應在大汶口。

[2] 據《左傳・昭公十七年》郯子的話説，他的先祖少昊氏以鳥名官，爲鳥師而鳥名。大汶口文化多用陶鬶，鄒衡以爲鬶形像鳥，古稱鷄彝，我看不如稱鳥彝更爲恰當。

[3] 大汶口文化的居民有拔除側門齒的風俗，古稱鑿齒民。《山海經・海外南經》云"羿與鑿齒戰於壽華之野，羿射殺之，在昆侖墟東"。

[4] 五蓮丹土村遺址從大汶口文化到龍山文化先後建了幾道有圍壕的城牆，每次都有所擴大。

[5] 傅斯年先生有《夷夏東西説》（載《慶祝蔡元培先生六十五歲論文集》，1935 年），認爲中國上古史就是夷夏交争交勝的歷史。

凌家灘之夢

2017 年 7 月 29 日

裕溪河邊地　有座凌家灘　灘畔有良田　天賜米糧川
灘後有大山　安全有保障　灘前河水平　終年可行船
山上多美石　隨時可採拾　石工造斧錛　石鉞配親兵
玉工技藝精　切磋費苦辛　貴冑講闊氣　玉器不離身
裕溪通巢湖　南巢是鄰邦　裕溪過大江　視野更寬廣
左觀薛家崗　右窺北陰陽　遠道有來往　直通牛河梁
如此形勝地　宜將都城建　圍城須重壕　城中起宮殿
殿後設祭壇　祖塋建壇上　王者居南中　寶玉滿墓坑
顯貴排左右　平民皆殿後　職業有分工　墓區亦不同
神巫戴巫帽　坐立必守中　虔誠敬天地　雙手緊貼胸
太平盛世日　神龍現身軀　河圖浮水面　神龜負洛書
玉璜飾龍鳳　彰顯大王風　蒼鷹勝金烏　載日又載豬
美哉凌家灘　明珠耀眼亮　照澈江淮地　文明現曙光
惜哉凌家灘　輝煌不久長　考古費思量　宛若夢一場

蒼鷹載日和兩豬

神巫雙手緊貼胸

石家河贊

紀念石家河考古六十周年

2015 年 12 月 15 日

竟陵古跡多，	最酷石家河。	大城平地起，	譚家設寶座。
城壕深且闊，	綠水泛清波。	防洪兼漕運，	溝通東西河。
南面三房灣，	擬是主祭場。	大祭須大辦，	酒杯摞成垛。
北依鄧家灣，	宗教遺跡多。	巫偶抱魚祭，	伴者舞婀娜。
東有黃金嶺，	西鄰印信台。	祈年祭天地，	豐收乃可待。
成千大陶缸，	不啻大穀倉。	萬千陶塑品，	象徵禽畜旺。

石家河古城西部城垣和城壕

鄧家灣出土的陶塑巫偶與猪羊鷄狗象等禽畜動物

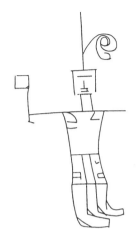

石家河肖家屋脊出土陶罐上的刻劃
紋，顯示武士頭戴花翎帽，身著短裙，
腳蹬長靴，手揮大鉞，威風凜凜，儼
然一位軍事首領！

譚家嶺出土雙鷹和刻劃展翅鷹玉牌

譚家嶺出土雙人和神人玉牌

貴胄仗權力， 財富如山積。 進而擁寶器， 不離玉與漆。

漆器多已朽， 考古難尋覓。 玉器重傳神， 風格獨一幟。

神人爲主體， 虎鷹是圖騰。 龍鳳首配伍， 歷代相傳承[1]。

文字雖初具， 意義難究明。 我意三苗氏， 先楚創文明。

武士揮大鉞， 雄風震四鄰。 苗民弗用靈， 舜禹來遠征。

是非且勿論， 事實要厘清。 仍須多努力， 考古解迷津！

良渚頌 [2]

2010 年 5 月作，2016 年 5 月增補 [3]。

适逢良渚考古 80 周年，爰以此頌作爲紀念。

太湖文明五千年， 崧澤良渚踵相連。

開闢沃野千百里， 首創石犁耕稻田。

莫角山上建殿宇， 內城外郭大無邊！

建都立業仰上帝， 匯觀瑤山祭昊天。

城外常發大洪水， 安邦治國費思慮。

---

[1] 石家河曾經出土龍鳳圓形牌飾，袛是不在同一地點。湖南澧縣孫家崗 M14 所出石家河文化的透雕玉佩，是最早明確將龍鳳相配伍的標本。此後龍鳳相配成爲中國傳統文化的重要象徵。

[2] 浙江余杭良渚遺址發現於 1937 年，1986—1987 年發現反山和瑤山祭壇兼貴族墓地，出土大量精美的玉器。不久又發現莫角山大型台城，受到學術界的極大關注。我仔細考察了有關發現後異常興奮，隨即寫了《良渚隨笔》一文，並在余杭文化館題詞："文明曙光在這裏升起！" 2007 年發現良渚古城，我在 11 月的新聞發佈會上講了這個發現的重大意義，當即題詞 "良渚古城，文明聖地！" 良渚考古的發現是中國文明起源研究的重大成果，值得弘揚與贊頌，乃作《良渚頌》！

[3] 近年又先後發現良渚大規模農場和世界級的大型水利工程，於是提筆補敘！

高建壩， 低築堰， 大澤小澤連成片[1]。

塘山輸水又行船， 運送土石最方便。

下家山下架船塢， 溝通錢塘到海邊。

陸上遠通高城墩， 寺墩趙陵與福泉[2]。

農工巫史聚良渚， 都城眾庶累萬千。

工有玉石漆木陶， 象牙絲綢與竹編。

攻玉技師手藝精， 微雕技術遠超前。

玉璧玉琮禮天地， 玉鉞神徽掌軍權。

髹漆工藝獨一幟， 嵌玉畫彩圖鮮艷。

漆盤漆觚與漆杯， 專供貴冑擺酒宴。

黑陶似漆品類全， 針刻花紋蛇與燕。

壺盛美酒鼎烹肉， 簋豆魚盤有河鮮。

不飲河水飲井水， 衛生觀念亦領先。

象牙梳篦插發際， 白玉帶扣系腰前。

華麗絲綢雖不存， 佩飾斑斑猶耀眼。

莫角山上大糧倉， 不慎失火燒儲糧。

如今發現燒焦米， 遺存尚以萬斤量[3]！

巨量糧食何處產？ 原來郊外有茅山。

茅山稻田數十畝[4]， 不啻王室大農場。

丘壟縱橫通水渠， 旱澇收成有保障。

---

[1] 在良渚古城西邊的山口地帶，發現有高壩6座，低壩5座，集水面積約100平方千米。
形成高低大小不同而有聯繫的水庫群，並與古城北邊的塘山水渠相連通。

[2] 高城墩和寺墩在江蘇江陰縣，趙陵山在蘇州，福泉山在上海，均爲良渚文化的地區性
中心遺址。

[3] 莫角山東坡發現的燒焦大米，據測算大約有兩三萬斤。

[4] 茅山已發掘稻田每丘約有2畝。据探測整个稻田面積有5.5公頃，相當於80餘畝。

豐收新糧有船運[1]，萬斤稻穀入糧倉。

權貴喜造大墳山，墓葬排列須成行。

死後不忘帶財寶，貴重物品全隨葬。

貴胄大權豈天授？萬民擁戴良渚王。

爲王首要樹軍威，高舉玉鉞上戰場。

頭戴羽冠身披甲，南北征戰打天下。

威風八面震華宇，大廈將傾自此始。

好大喜功難長久，盛極必有衰落時。

留下文字今不識，防風古國未可知！

未可知，　君須知——

鳳凰涅槃成金凰，良渚變身錢山漾。

瑶山的祭壇和墓地

---

[1] 2011 年在茅山稻田邊的古河道中發現一艘獨木舟。該舟長 7.35 米，頭尖尾方，係用
　　松木挖鑿而成。

莊橋墳安裝在木犁底上的石犁

反山墓 12 隨葬大玉琮（上）及玉琮上的神人獸面紋（下）

馬橋接力往前闖，　爾後吳越逞霸強。

經濟文化齊發展，　人間蘇杭比天堂。

今日領跑長三角，　良渚澤惠不能忘。

精神融入大華夏，　世胄延綿萬年長！

陶寺石峁歌

2016 年 6 月 5 日

陶寺源自陶唐氏，　爲陶立寺曰陶寺。

陶寺石峁兄弟邦，　兄弟守望各一方。

兄駐晉陽創偉業，　協和萬邦威名揚。

弟守邊關禦強敵，　石峁山上建石壁[1]。

兄弟初學鑄青銅，　携手叩問新時代[2]！

陶寺築城圍三匝，　宮城殿宇最豪華。

殿堂頂蓋覆平瓦[3]，　宮牆粉白又刻畫。

刻畫不足再加塑，　殿内還要飾彩畫。

龍盤彰顯王者氣，　刀俎豆盤備筵席。

宮廷大典有雅樂，　鼉鼓特磬銅鈴匹。

城南設置"天文台"，　祭天禮地不敢怠。

---

[1] 以上開頭幾句半真半假，調侃而已。

[2] 陶寺發現有青銅鈴、多齒環和銅容器殘片等，石峁則出土了多件青銅齒環。據檢測兩地所出皆爲砷青銅，且皆爲鑄造。石峁更出有多件鑄造刀、斧的石範。顯然已經在叩問青銅時代的大門了。

[3] 屋瓦爲扁平體，表面飾雲雷紋、戳印紋和乳丁紋等，因均爲殘塊，原大不明。這是中國最早的屋瓦之一。

玉鉞石鉞全武裝，　弓箭遠射顯神威。

不遠萬里征三苗，　擄掠寶玉虎與鷹。

琮璧彎刀聯良渚，　扁壺似結海岱緣。

二十二號帝王墓[1]，　是堯是舜難琢磨。

墓底壁龕置漆箱，　箱箱都有寶物藏。

隨葬猪肉二十扇，　彩繪陶罍盛酒漿。

玉鉞六把箭百枝，　更有旗杆竪頭側。

可惜棺內遭盜劫，　貼身財寶無從説。

無從説，　猶可説——

青銅禮器當隨葬[2]，　成組玉器不消説。

絲綢衣物雖不存，　龍袍似亦不可缺。

扁壺之上寫文字，　有無文書也難説。

如此大墓獨一尊，　千百小墓僅容身。

可憐還有殉葬者，　生死全要陪主人！

嗚呼！　華夏古文明，　如旭日東昇。

光彩照寰宇，　竟是血染紅！

陶寺內部有鬥爭，　石峁山上更不寧。

禿嶺之上築石城，　採石琢石費苦辛。

外城內城套皇城，　層層設防防敵侵。

築城須有壯勞力，　年輕女子成犧牲。

砍下頭顱分坑埋，　或爲奠基祭山神。

更有馬面巧設計，　一雙巨眼察敵情。

---

[1] 此墓特葬於大城以南的小城內，墓坑長 5 米，寬 3.6 米，自深 7 米。近底部有 10 個藏物的壁龕，是迄今所見中國史前文化中最大的墓葬。

[2] 陶寺宮殿區發現青銅容器殘片，可知當時必有青銅禮器。

外城東門飾彩畫，　裝點門面顯豪華。

石峁陶器仿陶寺，　規格略比陶寺差。

琢玉工藝技超群，　超薄大刀無比倫。

最堪注意銅齒環，　緊貼玉璧涵義深。

陶寺石峁各一套[1]，　似爲表達兄弟情。

石峁藝術有特色，　人頭石雕是一絕。

大小懸殊形亦殊，　此乃北方草原色。

石峁出土的貼玉璧銅齒環　　　　陶寺出土的龍紋陶盤

陶寺宮殿粉白墙面上的花紋

[1] 陶寺的貼璧銅齒環出自城内北部的11號墓，銅環有29齒，不含齒的外徑爲11.4厘米。出土時套在死者臂骨上。石峁的銅齒環貼在玉牙璧上，環齒細密。

陶寺小城中的 22 號大墓

草原曾有獵頭習,　興許反映人頭獵!
陶寺西北山城群,　石峁山城是中心。
相互守望成一體,　千里山城似長城。
請問為何有此大佈局?
莫非為防羌狄侵擾中原腹心地,
保障華夏文明世冑延綿萬年青!

古蜀土城之光

成都大平原　　素有天府名　　沃野三千里　　孕育蜀文明
蜀祖蠶叢氏[1]　　立都寶墩城[2]　　城址規模大　　外城套內城
面積三百萬　　比肩陶寺城　　次祖名柏灌　　灌縣建芒城[3]
三祖號魚鳧　　乃建魚鳧城[4]　　平原河流多　　防水建土城[5]

1996 年 4 月 22 日由成都市文物工作隊負責人王毅等陪同考察寶墩古城

[1]（漢）揚雄《蜀王本紀》云“蜀之先稱王者，有蠶叢、柏濩（一作柏灌）、魚鳧、開
　　明。是時人萌椎髻，左衽，不曉文字，無有禮樂”（據《全上古三代秦漢三國六朝文》
　　卷五三所引）。（晋）常璩《華陽國志》也有類似的記載。
[2]寶墩原名龍馬城。外城爲不規則圓形，面積約 300 萬平方米，有外壕；內城爲長方形，
　　面積約 60 萬平方米，其中有宮殿基址。
[3]原灌縣因秦國蜀守李冰建有都江堰大型水利工程，幾乎惠及整個成都平原。現灌縣已
　　改稱都江堰市。
[4]江章華、施勁松、李明斌：成都平原的早期古城址群——寶墩文化初論，載《中華文
　　化論壇》1997 年 4 期。本文將寶墩文化分爲四期。一期以寶墩城址爲代表，二期以
　　芒城爲代表，三期以魚鳧城爲代表，前後似乎可以與蠶叢、柏灌、魚鳧三王相對應。
[5]寶墩文化除上述三城外，尚有郫縣三道堰古城、崇慶雙河古城和廣漢三星堆一期古城
　　等多座。

城群何所似　　衆星羅蒼旻　　繼起三星堆　　文明大昌盛
金沙接踵至　　古蜀驚世人

二里頭之謎

2018 年 2 月 18 日

徐老探夏墟　　登封暨禹州　　繼而尋西亳　　走訪二里頭[1]
遺址頗大氣　　不啻爲王都　　從此做考古　　發現亮眼球
宏偉宮殿群　　布列宮城中[2]　　環城修御道　　每見車轍溝[3]
作坊鑄青銅　　禮器鼎爲首[4]　　玉器皆上品　　牙璋遍神州[5]
人人説西亳　　鄒衡獨不苟[6]　　鄒公指亳都　　大城在鄭州
商湯伐夏桀　　劍指二里頭　　如今二里頭　　當爲夏墟丘

---

[1] 1959 年夏，著名古史學家徐旭生先生首次到豫西探查夏墟，首先考察了登封和禹州可能與夏墟有關的若干遺址，又到傳説爲商初西亳所在的偃師縣二里頭遺址考察，看到規模很大，認爲確有都會遺址的可能。見徐旭生：《1959 年夏豫西調查夏墟的初步報告》，《考古》1959 年 11 期。

[2] 宮城爲長方形，南北約 360 米，東西約 290 米，面積約 11 萬平方米。從第二期到第四期共建宮城近十座，分爲東西兩行，氣勢宏偉。

[3] 宮城南的大道上發現有早期的雙輪車轍印痕，轍距約 1 米。遺址西北則發現有晚期的車轍印痕，轍距約 1.2 米。

[4] 宮城南有一大型作坊區，包括鑄銅作坊和緑松石作坊等，鑄銅作坊約有 1 萬平方米，發現有大量陶範、坩堝殘片和銅礦石等。所鑄銅器多種多樣，最大者直徑超過 30 厘米。墓葬出土完整青銅器則有鼎、斝、爵、盉和鈴等禮樂器，開中國青銅禮器之先河。

[5] 二里頭玉器承上啓下，已經有一定制度。其中以璋、圭最重要。牙璋幾乎傳播到了全國。與玉器相關的緑松石裝飾品也極爲精緻，其中最重要的是一件長約 65 厘米、用 2000 余片緑松石組成的龍形器，被喻爲真正的中國第一龍，另有鑲嵌緑松石簡化龍紋的銅牌多件。

[6] 鄒衡爲北京大學考古系著名教授，被喻爲夏商周考古第一人。

此説違衆議	遂遭衆人毆	偃師商城出	地在尸鄉溝[1]
此乃真西亳	不在二里頭	衆人遂改口	反認夏墟丘
搔首再思考	猜謎竟不休	先夏後商説	非夏非商説
有夏無夏説	少康中興説	中華第一都	不知何所屬
二里頭之謎	破謎未有期	若不見文字	難解此謎題
一定要破謎	未免書生氣	都城大氣象	豈是霧中謎

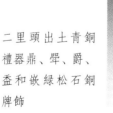

二里頭出土青銅
禮器鼎、斝、爵、
盉和嵌綠松石銅
牌飾

---

[1] 偃師商城發現於 1983 年，多數學者認爲該城應爲商湯滅夏後所建的都城西亳。見中
國社會科學院考古研究所洛陽漢魏故城工作隊：《偃師商城的初步勘探和發掘》，《考
古》1984 年 6 期。

二里頭隨葬綠松石龍和銅鈴

爲中國岩畫學刊題辭

2016 年 6 月 10 日

岩畫藝術像百花，　爭奇鬥艷遍中華。
從來解讀是難事，　太多懸念待方家。

欣賞岩畫重形象，　意義不明細考量。
前後左右多比較，　思路放開豁然亮！

哭周南京

2016 年 6 月 15 日初稿，30 日修改

耕啊耘啊白了頭[1]，　白頭耕耘仍不休。

不休迎來大豐收[2]，　豐收不忘小紅豆[3]。

紅豆相思赴燕都，　　燕都風雨度春秋。

春秋精神性耿直[4]，　耿直書生譽同儔。

同儔同窗同留校，　　同時發配鯉魚洲。

老來同住藍旗營，　　同話當年情意投。

詩詞泉湧爲自樂[5]，　亦莊亦諧亦自由。

不意好友先期走，　　遠望滄海淚泗流[6]！

---

[1] 此處借郝斌詩開頭。見郝斌：《讀耕耘詩復南京兄》，載周南京《柳暗花明詩詞集》361 頁，香港生活文化基金會，2015 年。

[2] 周南京著作甚豐，有《菲律賓與華人》（1993）、《風雨同舟——東南亞與華人問題》（1995）、《風雲變幻看世界——海外華人問題及其他》（2001）、《華僑與華人問題概論》（2003）、《印度尼西亞華僑華人研究》（2006）、《菲律賓與菲華社會》（2007）、《努山塔拉華裔縱橫》（2011）等。尤以主編 12 卷本的《華僑華人百科全書》（中國華僑出版社，2002 年）用力最多影響也最大。另有主編和翻譯著作多部。

[3]2013 年，南京滿八十周歲，已是耄耋老叟。12 月 14 日寫長詩《一言難盡南國相思豆》，回憶歷歷往事，感人至深。見《周南京詩集》386—388 頁，香港生活文化基金會，2014 年。

[4] 孔子刪《春秋》的精神是"筆則筆，削則削"，好的要讚揚，壞的要譴責，毫不含糊。周南京性格耿直，有話就說，也是毫不含糊。見《周南京有話說》，香港社會科學出版社，2006 年。

[5] 周南京有個自樂書屋，在那裏寫了好幾部詩集。

[6] 周南京有詩《我的故鄉是大海》，載《周南京詩集》369—371 頁。現在他的骨灰已經灑到大海裏去了，祝願他海闊天空任翔翔！

游富春江瞻仰嚴子陵釣臺

續范仲淹《嚴先生祠堂記》贊歌，以表敬仰之情，2017 年 12 月 6 日

雲山蒼蒼綠滿坡，　江水泱泱泛碧波。
先生之風千世頌，　山高水長萬人歌。

在嚴子陵釣臺前

憶徐苹芳

2019 年 5 月 30 日

力耕漢唐宋金元，　城市考古著先鞭。
都城發掘樹樣板，　明清城下遼金元。
學領風騷不自滿，　剛毅正直敢爲先。
斯人離去長相思，　好友無時夢魂牽！

附：親友詩選

説明：

　　先父在行醫之餘，常與友人吟詩唱和。彼時鄉賢羅甸原有一勤園，種植花草果木。每遇牡丹花開，必約好友賞花賦詩，果熟之時亦常歡聚。其中常客有先父嚴潤芝，伯父嚴燦然，先父的摯友羅原學和羅原道兄弟，他們又都是我的私塾老師。還有羅紹勛等。羅甸原著有《勤園劫餘詩稿》六卷，爲銅版精印綫裝本。其中收錄了不少與友人相互唱和的詩，包括先父的詩。可惜已經亡佚。先父自己的詩集《寄傲齋詩稿》亦已不存。惟燦然伯尚有《燦然詩選》，原道叔曾經把自己的詩抄寄幾首遺我。又我的舅父周仲權和叔父嚴其嵩是摯友，他們都曾經就讀於南山師範學校，時吳雨村爲南師教師，他們之間是亦師亦友的關係，也善詩文。吳曾經任五合鄉鄉長和五合鄉中心小學校長，叔父和黃劍萍爲該校教師，我亦就讀於該校。劍萍師亦善詩文，針砭時事，鐵骨錚錚。所幸他們的詩詞還留下不少，茲選錄一些以作紀念。另有胞弟文思、文光和同窗劉濟中、周南京等的詩作也酌情選收。

親友詩選目録

【嚴潤芝】

先父嚴潤芝（1915—1950 年）詩集初名《慎獨齋詩稿》，後改名《寄傲齋詩稿》，惜均已亡佚。現僅記得一首五律《江邊曉霧》的後半。問父親的摯友原道叔，他說也記不得了，不過他告訴我："這後半四句自成一首五絕，意境均極佳，不必他求了。"先父還寫過不少對聯，包括自家的春聯和爲鄰里親友寫的賀聯挽聯等，茲錄其三於此。

江邊晚霧

五律後半首

堤長人入霧，　山遠鳥衝煙。
渡口依稀裏，　飛來萬里船。

春聯之一

此聯以父親名字潤芝嵌頭

潤屋煥朝氣　　芝宇滿春風

賀周仁先生五十歲新屋落成志慶

築室屏華宇，　是春申舍，　是孟嘗門，　集來雅客稱賢主；
秉燭隆湘治，　爲鄭國頌，　爲武城聚，　當有酒仙作壽杯。

【嚴燦然】

伯父嚴燦然（1914—1990 年）長年執教於私塾和小學，於教書之餘尚喜吟詩，爲禹山詩社負責人之一。1993 年曾經由張學文先生編印《燦然詩選》一冊，收歷年詩作一百〇三首。茲録其中十二首。

勤園主人邀賞牡丹賦詩以紀其盛

1940 年

獨向勤園逞化功，　天香豈與衆香同。
一枝濃艷籠煙紫，　滿面春風映日紅。
富貴不驕偏識我，　東南盡美早知公。
等閑漫許輕吟賞，　莫使名花減玉容。

癸未除日

1943 年

日寇陷華容城之翌日，即侵佔南山，我與潤芝弟攜眷避難於松樹嶺，是日賦詩感時。

鐵蹄踏處里爲墟，　敵愾同仇未遂初。
厭看桃符挨戶貼，　懶將草字大門書。
團年有酒弟兄聚，　壓歲無錢子侄疏。
但願江山還故國，　宏開家宴慶安居。

浪淘沙·挽羅原學老友

1980 年

　　早歲訂交游，詩酒唱酬。同聲相應氣相求，回首當年成往事，肝膽長留。

　　紙錢化荒丘，淚灑墳頭。返魂無術話窮愁，後我而生先我死，一別千秋。

歸故里

　　離老家嚴家灣四十六年，今歸故里。歎歲月之如流，命運之多舛，思緒萬千，感而賦此。

　　他鄉浪跡失歸期，　倦鳥終知返故枝。
　　舊宅難尋鶯出谷，　荒山喜見樹成圍。
　　教人授業家駒任，　航海登峰翼燕貽[1]。
　　痛數親朋多不在，　哪堪回首少年時。

---

[1] 堂侄嚴文明爲北京大學教授，其女留學比利時。

登禹山有感

1986 年

一峰高聳接雲天， 扶杖登臨意惘然。
亂草寒林留獸跡， 殘垣斷碣憶烽煙。
心勞八載疏河海， 手畫九州奠土田。
廟宇從今何處覓[1]， 平成功載禹謨篇。

端午懷屈原三首

1987 年

一

忠心報國謗偏興， 衆濁豈容一己清？
今日汨羅江上水， 為公猶作不平鳴。

二

懷王無道水無情， 博得詩人死後名。
角黍投江船競渡， 萬人淚水共潮生！

---

[1] 山上舊有禹王廟，1943 年被日寇燒毀。

三

一腔忠憤沒清流， 遠勝身封萬戶侯。

多少王公誰記取？ 詩人獨自有千秋！

初晴春游

1988 年

習習東風暖， 人間春意濃。 芳尋叢柳外， 燕語畫廊中。

雨過山光翠， 雲開日影紅。 丹青筆在手， 描繪亦難工。

雨夜懷友

1989 年 3 月

北望暮雲幾欲沉， 敲窗風雨夢難成。

神馳左右傾肝膽， 身處江湖任縱橫。

枝上殘花沾地濕， 澗邊幽草愛天晴。

人生難得真知己， 坐聽村雞報曉鳴。

菱湖嘴上

禹山西去是菱湖，　畢竟風光與衆殊。

九夏芙蓉香十里，　三秋橘柚累千株。

漁樵歌起驚山水，　車馬聲沉静里墟。

地僻景幽民俗厚，　蓬萊未定是仙居。

懷亡女

1990 年 4 月

重泉路隔總難尋，　八載曾無一夢親。

菽水承歡思往日，　黄昏欲暮歎孤身。

禳災哪許祈神鬼，　卧病誰來問死生？

老眼淚乾緣哭汝，　他年哭我更何人？

【周仲權】

　　仲權舅父 80 大壽，我特往湖南郴州祝賀。舅父以自編《詩詞》一冊贈我，其中共收詩詞 42 首，今録其九首。

別華容

1979 年

一生潦倒愧無能，　虛度韶光六十春。

巍巍禹山沿古道，　悠悠沱水繞方城。

有情故里皆知己，　無意他鄉盡比鄰。

欲問此身何處立，　郴州城外柏森森。

舟次葛洲壩

1983 年

萬里長江一綫東，　波濤滾滾永無窮。
葛洲流截鎖三峽，　長夢襄王神女峰。

游石林

1983 年

桑田滄海古今變，　路轉峰回過石林。
果老奮鞭劈巨石，　純陽獨醉臥仙庭。
入山愁煞阿詩瑪，　出水樂歡觀世音。
懸岩景奇更絕壁，　望亭遠眺見春城。

哭其嵩

好人無命哭其嵩，　苦水澆成朽老松。
今後誰憐世外客，　黃泉路上步從容。

自 嘲

年逾古稀殘病軀，　不知報廢在何時。
安分守已心常樂，　未入黃泉愛寫詩。

詠水仙

雅客天姿不自誇，　凌波仙子雪中花。
冰清玉潔非凡品，　問住蓬萊第幾家。

辛未新春

1991 年

古稀再度二芳春，　細數年輪又一新。
駿馬悠奔塵埃少，　金羊肥壯味新增。
閉門靜養浩然氣，　開戶氣舒心曠神。
且喜貧僧多厚福，　無須南海拜觀音。

文明六十憶往

1992 年

歲次在壬申，　嚴府鞭炮聲。　祖呼天亮了，　祇緣得長孫。
舅少赴湯酌，　往事記猶新。　歲月催人老，　悠忽六十春。

浪淘沙·八十書懷

2000 年

　地生歲寒松，老態龍鍾，步健體雄耳目聰。風風雨雨歷八十，氣如彩虹。

　務農又務工，詩詞略通，蘭桂騰芳滿堂紅。此中真諦誰領會，福祿壽翁。

【張光裕】

　　舅母張光裕 1954 年南昌大學生物系畢業，長期擔任中學教師，很少寫詩。兩篇懷念祖父祖母的古風卻很感人。茲錄如次。

憶祖父

憶我先祖父，俊軒老大人。一雙勤勞手，造福濟蒼生。

雙目神炯炯，鬍鬚白如銀。精神常矍鑠，九六壽高齡。

治病稱醫聖，妙手能回春。診病不取費，旨在救眾生。

家庭即診所，寓舍南洲城。童叟咸稱道，載譽滿杏林。

安鄉有一婦，病重且赤貧。行乞來求診，病軀實可憐。

祖父精心治，吃住妥安身。滿頸皆爛肉，生蛆臭難聞。

親手洗毒液，不顧髒與腥。敷藥歷三月，疾病已斷根。

病癒婦返里，臨別送盤纏。婦離回首拜，三叩謝神恩。

庭幃教孫女，慈嚴且耐心。黎明勤灑掃，几凈窗要明。

飯後洗碗筷，勤勞自更生。習字須臨帖，體模顏真卿。

上學必遠送，課讀每夜深。讀書求實學，做事務求精。

落第不氣餒，勤奮不圖名。針織繡花朵，學餘習女工。

在族居長輩，福澤蔭子孫。黨里稱大教，和善睦鄉鄰。

仁慈泛愛眾，湖湘有令名。厚德群載譽，贏得洞庭春。

憶祖母

父親護真理，　被囚在牢中。　母爲父牢死，　時年廿九春。
遺我四兄妹，　幼小未成人。　飢餓誰哺乳，　寒來誰溫身？
祖母練老太，　古稀高壽齡。　一心撫後代，　雙臂抱四孫。
兩孫並頭睡，　兩孫睡腳跟。　五人同一床，　夜眠到天明。
爲防孫飢餓，　躬自調湯羹。　飴糖調粉漿，　四孫樂均勻。
夏夜最酷熱，　諸孫睡涼亭。　兩手搖蒲扇，　送風又驅蚊。
孫髒勤洗滌，　洗澡在浴盆。　洗完身擦淨，　個個背上身。
孫病夜醫治，　戴月又披星。　親自喂湯藥，　護理有耐心。
冬季防孫凍，　夜夜溫枕衾。　嚴寒添被褥，　照拂到天明。
孫兒已上學，　讀書南洲城。　日日倚門望，　願孫快長成。
長孫從戎去，　孫女負笈行。　倚門思游子，　午夜常斷魂。
家教似學校，　啓發又叮嚀：　爲學要勤奮，　做人重品行。
散財濟貧困，　息爭睦芳鄰。　廿載無寒暑，　冬去不知春。
頤年身健在，　猶自念庭訓。　賢哉我祖母，　母範萬古存！

【嚴文思】

胞弟文思畢業於湖南師範大學物理系，後任湖南工業職工大學校長。偶而寫詩，落筆即成佳作。

賀舅父七十大壽

1989 年 12 月

已是古稀仍剛健，　　勤勞鍛煉賽華年。
笑談宇宙測天命，　　憶古論今喜開顏。
人世滄桑何須慮，　　風雨坎坷福更甜。
曲折歲月尋常事，　　但囑兒甥齊爭先。
應賀妙筆重生輝，　　詩文篇篇如湧泉。
更喜二老同上學，　　福壽並進數無前。
正是寒梅爭香時，　　笑迎兒孫拜壽仙。
八旬九旬不為老，　　但囑甥兒拜百年。

【嚴文光】

　　三弟文光酷愛詩詞，因環境所迫，早年輟學務農。然於農暇勉力進取，以驚人的毅力自學成才，成爲頗有影響的民間詩人。2009 年出版《圓夢齋詩選》，輯録詩詞兩百餘首，並有楹聯百餘副。之後又於 2012 年開始主編《禹麓文風》年刊等，其中有不少他自己的詩詞。

學友相逢 [1]

1988 年

阻隔鄉音四十秋，　望穿海峽幾多愁。
兒時戲水騎牛伴，　此日居然白了頭！

夢懷伯父

1989 年

繞梁雅韻尚餘音，　策杖依稀隱上林。
驚醒南柯原是夢，　盈眶捧讀病中吟 [2]。

---

[1] 這裏的學友指長年旅居臺灣的企業家徐光中。
[2] 燦然伯曾作詩《病中吟》。

重陽壽長兄六秩華誕

1991 年

骨肉能聚幾重陽，　幸赴京城壽日觴。

欲賦千秋呈兄台，　奈無好句獻華章。

茅台美酒非珍貴，　骨肉情深最久長。

此日歡娛應記取，　窗台又見菊花黃。

贊紅磚

1992 年

小小紅磚七寸長，　加工全靠土裝潢。

高樓百丈經風雨，　廣廈千間傲雪霜。

敢使荒山除舊貌，　專爲茅舍換新裝。

安居男女思勤奮，　致富興家樂永康。

運煤途中

1993 年

十船煤炭發南洲，　不問原因便扣留。

過去攔路爲大盜，　如今設卡是明偷。

無章索取千圓費，　有理難過一葉舟。
堵塞交通容水霸，　何時行路不生愁？

詠蜜蜂

2007 年

嗡嗡聲裏醉花香，　有序分工各自忙。
作嫁爲人甘盡瘁，　一生勞績有誰彰？

詠蠶

2008 年

春蠶食葉別無求，　滿腹經綸供織綢。
且喜人間添錦繡，　終身自縛也風流。

野 菊

2012 年

歲歲傲霜不畏寒，　隆冬獨自吐芬芳。
不求衆卉排名次，　願給山河著彩裝。

登岳陽樓

2013 年

憑欄眺望君山島，　恰似青螺水上浮。
日落平湖斜照裏，　萬家燈火映漁舟。

恭賀大哥八十大壽

2011 年季秋

歲月崢嶸八十秋，　究明歷史溯源頭。
培桃育李添新秀，　考古尋真展大猷。
苦辣酸甜曾滿受，　功名福祿亦全收。
斯文自有期頤壽，　世冑延綿千載悠。

賀二哥文思八十大壽

2017 年季秋

歲月崢嶸望眼收，　一生坎坷奈回眸。
紅羊劫難經風雨，　教苑奔波歷暑秋。
三省修身猶薄己，　四知明鏡總昂頭。
練拳舞劍身康健，　活到期頤豈肯休。

八十初度抒懷

2019 年春

老夫築夢漫追求，　短暫人生百感收。
曾製金磚撐大廈，　復耕藝圃奮駑牛。
賒來明月從容過，　捧起殘書篤實修。
偶悟先賢三兩語，　欲將餘熱暖春秋。

賀四弟文才七十大壽

2011 年

處世为人，　仁心厚德四鄰贊；
興家創業，　幸福安康百歲榮。

賀幺妹牡丹七秩華誕

2017 年春

兒孫繞膝福無邊，　桂馥蘭芳孝且賢。
翁媼相依娛晚景，　寬心自可壽延年。

晚晴十韵

2019 年

下里巴人學寫詩，　正逢改革開放時。
祇因立雪程門外，　順口溜成白話詞。

撫兒育女幾多艱，　生活常憂無飽餐。
全仗年輕扛得住，　捕鱼挖藕下柴山。

傷寒重症險魂抛，　瘦骨難支命且牢。
五次臨危何以活，　閻王不肯打收条。

余期子女奮攻書，　自惜无才爭不如。
缘苦空囊生一計，　債台高築也心舒。

監利街頭遇貴人，　招牌挂起哄愚民。
庸才識破江湖纸，　也到容城巧索银。

政策歸心喜满懷，　農夫用武大門開。
從茲激起求知夢，　明月清風亦復回。

農民招聘輪窑廠，　事業傾心三十年。
沐雨櫛風排險阻，　心誠膽壯亦安然。

桂馥蘭馨樂晚晴，　吟詩作對伴餘生。
恒心篤學攻平仄，　圓夢齋詩草草成。

虧欠賢妻債太多，　老來助我學吟哦。
一身染病從無怨，　贏得同儕譜贊歌。

杖朝賒月覓知音，　覓得知音勝萬金。
眾口吟成詩一卷，　黃花香韵聽瑤琴。

【羅原道】

恩師原學、原道兄弟均善舊體詩詞，惜未結集。原學師詩詞已全部遺失，原道師詩詞亦大半散失，晚年就其所能記憶者抄錄十首遺我，今全錄於茲。

秋夜留宿勤園

天迴明河净，　蕭條聞草蟲。
松風搖滿月，　流彩一山中。

悼友人嚴潤芝

一

廿年心跡最相投， 夢醒繁華一夕休。
病眼風塵難禁淚， 哪堪更爲故人流。

二

電花石火總茫然， 短髮飄蕭感昔年。
明日東風寒食裏， 招魂無路達重泉。

過友人嚴潤芝故居

路入青蒼裏， 山含紫漠煙。
龍松依舊好， 悵想十年前。

初秋夜感

金風瑟瑟水潺潺， 暑氣全收節乍還。
萬里冰輪驚一葉， 五更凉夢越千山。
情懷未飲先如醉， 詩思成吟始覺艱。
回首十年經浩劫， 至今腸斷淚衣斑。

六十六歲生日書懷兼懷故兄原學

六十六年隨逝水，　老年兄弟劇分衿。
芳醑豈慰重泉恨，　衰鬢難酬報國心。
但教兒孫成駿馬，　不妨龍雨致甘霖。
於今往事都休問，　岩角松陰任醉吟。

詠 雪

剪綵隨宮事豈虛，　江山行處結瓊琚。
廣寒仙子傾玉屑，　梁苑絮飛總不如。

春日呈李强漢、羅紹勳

日暖風柔值暮天，　可憐桃李各紛然。
巫雲峽雨非前夢，　蓬島珠宮陷大千。
綠酒紅顏思去日，　青衫白髮歎流年。
龍蛇起陸尋常事，　且喜三曹作散仙。

初冬獨酌

西風殘葉下庭柯，　對酒無如白髮何。
畫裏江山原不老，　人間歲月自銷磨。
百年奔走空皮骨，　萬事艱難獨哮歌。
屈指素心人有幾，　且看林底湧金波。

悼粲翁

去歲隻身歸故里，　越年丹兆出山阿。

晨星寥落行看少，　老友凋零已不多。

海上有槎浮羽客，　人間無地住維摩。

徑到靈前傾一爵，　四韻新成薤露歌。

【黃劍萍】

　　劍萍師字花瘦，號湖湘散人，筆名葉柯，1924 年 5 月生於湖南省華容縣縣河口。20 世紀 50 年代曾任湖南《湘潭日報》和《建設報》記者兼編輯，善詩文，因直言獲罪。晚年寓居老家華容。他的詩風剛健，多針砭時弊，每每能入木三分。2005 年出版《黃葉軒詩文選》收格律詩 85 首，尚有新詩和楹聯等。孔子曰："詩可以興，可以觀，可以群，可以怨。"他解釋説："所謂興，就是起人志行，陶冶情操；所謂觀，就是觀風氣之盛衰，考時政之得失；所謂群，就是以詩會友，以友輔仁；所謂怨，就是鞭笞腐惡，針砭時弊。"他的詩作，正是這種精神的完美體現。

橋 墩

1986 年 9 月

鐵骨鋼筋蘊異能，　慣經風浪任沉升。

虹飛天塹車如織，　負重甘居最底層。

老牛

1987 年 10 月

俯首喑聲自奮蹄，　晚晴猶挽壟頭犁。
生前祇食水和草，　死後長留骨與皮。

鐵錨

1988 年 9 月

慣向江湖浪裏行，　錚錚棱角惹人憎。
逆流力鎮艨艟穩，　身繫安危不現形。

脫愚難

1993 年 2 月

三牲酒果列堂前，　許願求神跪拜虔。
才吝分文驅病丐，　立捐千塊塑金仙。
招魂禳鬼棄良藥，　算命掏錢買謊言。
歎息卦攤生意好，　脫愚遠比脫貧難！

汨江書憤

1995 年 6 月

鼓響船飛鬧汨江，　詩人沉處我心傷。
交讒自古爍金石，　獨醒妨人入夢鄉。
天問問天天不語，　離憂憂國國終亡。
上官南后朝朝有，　何止昏庸一楚王。

屠垸仇

1995 年 10 月

1943 年 5 月 8—12 日，日軍兩千，糾合朝蒙滿漢偽軍共 3000 人，火燒南縣，濫炸中魚口，炮毀三仙湖，接著包圍廠窖大垸，屠殺我同胞 31000 餘人。筆者在廠窖逃匿四晝夜，鋒鏑餘生，歷史見證。

南縣南京禍患連，　鐵蹄踏碎米糧川。
城關縱火煙雲慘，　廠窖屠村日月寒。
三萬同胞橫血海，　兩千鬼子恣兇殘。
東條索絞昭和死，　亘古難平萬姓冤！

湘蓮贊

1995 年 7 月

南國芙蓉負盛名，　出污不染立亭亭。
牽絲應解相憐意，　展葉常懷聽雨情。
佳偶潛蹤須俯覓，　廉朋潔己自高擎。
苦心一點休輕棄，　能有斯心百事成[1]。

八十抒懷

2003 年 5 月

如水流年八十春，　詩書讀後渴求真。
十年記者羊毫禿，　半世冤魂蝶夢沉。
不染塵污還本色，　倍嘗苦辣見丹心。
蓋棺論定無奢望，　於國於家可算人。

---

[1] 此詩中相憐諧湘蓮，佳偶諧家藕，廉朋諧蓮蓬，苦心諧苦芯。聽雨則取唐人李商隱"留
　　得枯荷聽雨聲"意。

【吳雨村】

吳雨村曾任湖南華容縣五合鄉鄉長兼五合鄉中心小學校長，後旅居臺灣嘉義市。我幾次訪臺時都特地拜望他老人家。老人特別高興，並賦詩相贈。

歡宴嚴文明賢侄喜賦詩二首

1994 年

其一

學問深時意氣平，　賢君英發踐儒行。
依仁游藝德爲本，　博古通今日又新。
重道尊師念東遠，　踵門立雪感情真。
綱常萬古經天地，　孔教化行啓世人。

其二

岳郡文風數典盛，　深功積學道崇尊。
昔登御殿狀元榜，　今領風騷考古精。
北大詞宗賴起鳳，　臺灣術業仰裁成。
章台別後滄桑史，　幸會海天話古今。

春暖花開迎學人

2000 年 4 月

庚辰三月序數新春，百花爭妍萬物向榮。值此良辰美景，喜有北京大學嚴文明教授應邀來臺講學。我華容縣旅臺鄉親爰於 4 月 2 日假天母吳君竹鈞之雅築，設宴爲嚴君伉儷洗塵。舊雨重逢，暢敘離懷。對炎黃子孫之情感與光明前途深具信心，特賦詩二首。

其一

春風又綠蓬萊岸，　四迎文旌仰道珍[1]。

博學深思專業富，　道學精深又日新。

交流學術全終始，　融密鄉情感倍親。

欣見奏功臻美果，　嘉君化育展經綸。

其二

評論兩岸雙贏略，　一統中華理當先。

寶島本來屬祖國，　臺灣通史記專篇。

臺獨誤國戰端起，　大陸征誅災禍連。

枉顧尊嚴民族恥，　瘋狂分裂著罪愆[2]。

---

[1] 此次是嚴文明第四次訪問臺灣。

[2] 2000 年 3 月 18 日臺灣大選，國民黨本來滿有把握，不料想輸給了主張臺獨的民進黨。身爲國民黨主席的李登輝吃裏爬外，引起衆人的義憤。作者亦深感不安，奮筆書此。

【徐國風】

　　年伯徐國風號遠威，人稱遠威將軍。多年率部抗日，鏖戰於中南半島越、老、泰、緬、印各國山地，後長年旅居臺北。他是我父親的好友，兩家三代世交。我訪臺時特地登門拜見。年伯特別高興，爲我寫贈聯，送我題字和許多珍貴照片。

贈 聯

學問無今古　　功名有是非

文明賢侄正　　國風徐遠威 1994 年時年八十一

遠威八十自壽

　　莫負生辰屬虎（余生於 1914 年，歲次甲寅，屬虎）。想當初學書學劍，也曾領師數千。遙想當年博望侯張騫、班超，定遠勳功彪炳，史績流傳。然一旦政局丕變，月缺難圓。而今余已八十初度。所幸一身傲骨稱健，老當益堅。期勉兩岸愛國志士共同努力，早日和平統一，長治久安，阿彌陀佛！

國風撰書　　一九九三年歲次乙酉百花節日

【徐光中】

光中是三弟文光的小學同學和好朋友，現在是旅居臺灣的企業家。他的父親徐國立是徐國風的弟弟，也是我叔父的摯友。

致華容同鄉春節賀帖

蕭湘夜雨臘梅催，　杜宇引吭胡不歸？

大好山河一統日，　狀元街上酒千杯[1]！

憶華容

1992 年

鄉情阻隔四三年，　暮暮朝朝望眼穿。

寶島春花含淚賞，　洞庭秋月對愁眠。

白頭愛國心彌切，　老柏經霜志更堅。

一統江山名正日，　華容道上任流連。

---

[1] 華容縣城河東有狀元街，是爲紀念明朝狀元、華容人黎淳而建。

【劉濟中】

濟中爲我初中同窗和摯友，寫字作詩都很有功底。

賀文明老同學喬遷新居

2004 年春

猴年春節滿城歡，　老友同窗又聚筵。

喜慶喬遷將進酒，　笑談偉業賦新篇。

瓊樓聳翠雲煙裏，　碧水漾波海淀間。

寒士如今廣厦臥，　欣看科教要奔先。

八十抒懷

2007 年冬

年臻耄耋復何求， 自樂詩書養興頭。
不爲浮名役賤體， 敢將正氣折名流。
堅持拳劍師猴虎， 免累兒孫作馬牛。
心態平衡常自足， 無恨無怨度金秋。

【楊先庶】

先庶原爲我高中同班同學,武漢大學物理系畢業後入核工業部原子能研究所,在錢三强領導下從事核物理研究。1984 年調國務院核電領導小組辦公室,爲我國核電事業的發展做出了貢獻。常寫詩詞,兹録其一首。

沁園春

賀母校長沙一中百年華誕

才聚三湘，譽播神州，創業維艱。憶内憂外患，虎溪橋畔，驅倭解放，清水塘邊。稚稚蒙童，莘莘學子，刺股懸樑苦亦甜。念師長，勤循循善誘，永記心田。

悠然彈指今天，已南北東西一百年。喜先驅領跑，成功交棒；新英接力，奧賽爭先。男女同儕，業精身健，振興中華競比肩。休停步，更與時俱進，續著新篇。

【易庚山】

庚山原爲我高中同班同學，1952 年於空軍第四航校畢業，長期任飛行教員。善詩詞，著有詩詞楹聯選集《心路雲程》（2016 年）。

浪淘沙·霄漢舞銀燕

1957 年

霄漢舞銀燕，比翼藍天，隨心駕馭似行船。錦綉河山瞭望處，壯麗無邊。

戰友正英年，快馬加鞭，拼將熱血寫新篇。保衛領空神聖責，馳騁雲間。

【周南京】

南京是我大學同窗，畢業後又同時留校任教。他是印尼華僑，熱心僑務，曾任北大華僑華人研究中心主任、中國華僑歷史學會副理事長及中國東南亞研究會副理事長等職。著作等身，曾主編 12 卷本《華僑華人百科全書》，出版《努山塔拉華裔縱橫》和《自樂書屋詩文》等。他的詩自由奔放，不拘形式。將近耄耋之年詩性大發，幾乎一天一首。

自樂書屋透視

2011 年 7 月 24 日

自樂小世界，	晝夜常伴隨。	芳香滿書屋，	千姿萬嫵媚。
一册一窗戶，	窗外盡翡翠。	埋頭細研讀，	深究無窮味。
疑惑自叢生，	千頁任翻飛。	恍然有所悟，	心得興難寐。
奮筆如有神，	一瀉千里水。	不羨豪門宴，	惟求安魂歸。
著作連續出，	不覺已高堆。	巨製完成日，	尚如坐針錐。
欲問屋主誰，	回眸已白眉。	萬般皆下品，	惟有讀書美。

懷念彭德懷元帥

2011 年 4 月 14 日

橫刀立馬大豪傑，　轉戰南北軍功絕。

萬言傾訴百姓怨，　廬山灑遍忠烈血。

高處嚴寒風猖獗，　青松何堪千重雪。

臨終含冤不瞑目，　驍世元帥空悲切。

情人節詠歎調

2012 年 2 月 16 日

孩提時代，　青梅竹馬，　繞屋一周，　歡天喜地，　純真無猜。

少年時代，　情竇初綻，　暗送秋波，　兩頰飛紅，　羞澀避開。

青年時代，　贈送玫瑰，　點燃蠟燭，　動手動腳，　床上示愛。

中年時代，　青春已逝，　相視而笑，　心領神會，　溫柔情脈。

花甲時代，　樸實慶祝，　砂鍋居聚，　乾燒黃魚，　白肉酸菜。

老年時代，　輕輕撫摸，　回味青春，　相吻不慎，　假牙掉來。

二人合唱，　浮雲流水，　人生匆匆，　自強不息，　詠歎胸懷。

一言難盡南國相思豆

2013 年 12 月 14 日

小小紅豆，長滿椏枝頭，日曬雨淋春夏秋，
豐滿成熟後，散落滿地任拾掇，寄給遠方情侶，
表達深切思念、溫柔情愫，
啊，小小紅豆，一言難盡南國相思豆。

小小紅豆，藍天白雲清泉流，夏日炎炎七月火，
忽遭瓢潑大雨澆淋頭，頓然迷茫不知所措。
徘徊觀望鬱悶胸口，白雲飛渡仍悠悠，
啊，小小紅豆，一言難盡南國相思豆。

小小紅豆，熱情南國獨有，不知走過多少崎嶇路，
訴說許多動人心弦的故事，作成無數旋律優美的情歌，
歲月荏苒，落花隨水長流，
啊，小小紅豆，一言難盡南國相思豆。

小小紅豆，贈我在黃昏時候，夜色朦朧心憂愁，
孤雁悽楚，滿懷信任、誠意、愛火，
恰似黃河滔滔向東流，匯入汪洋還不休，
啊，小小紅豆，一言難盡南國相思豆。

小小紅豆，由南向北追風流，
飛越千山萬水，最終落腳在幽州，

初衷嚮往擁抱文明古都，
卻又不禁懷念千島自由的海鷗，
峰回路轉彎曲九，
啊，小小紅豆，一言難盡南國相思豆。

短詩五首

仿馬來民歌 2012 年 12 月 27 日

一

黃鸝鳴聲發何處？　樹林枝頭入窗來。
甜蜜感情源何處？　眉來眼去鈎心愛。

二

鸚鵡學舌勤叫喚，　主人歡喜賜美餐。
溜鬚拍馬為哪般？　元服嫌小求升遷。

三

狐狸常給雞拜年，　心懷鬼胎想美餐。
卑鄙小人裝笑臉，　心狠毒辣耍手腕。

四

蛤蟆鼓腹誇最大，　超越極限一聲吧。
留有餘地莫自誇，　遇見高人要裝傻。

五

半桶不滿水晃蕩，　桶滿木片穩不濺。

腹中無物吹牛王，　學富五車尚需謙。

【郝斌】

　　郝斌是我大學同窗，同時留校任教。1958 年留校時在歷史系中國現代史教研室教授中國現代史。1966 年"文化大革命"初起時遭誣陷打入"牛棚"。改革開放後曾先後擔任歷史系主任和北京大學常務副校長。詩作不多但很有水準。

題周南京《柳暗花明詩詞集》

步隨流水覓溪源，　行到源頭卻惘然。

始悟真源行不到，　倚筇隨處弄潺湲。

讀耕耘詩復南京兄

耕啊耘啊白了頭，　白頭依舊汗泗流。

流汗澆出僑百科，　百科之後點點豆。

黃豆芸豆青青豆，　灑豆成陣藏匕首。

追敘少年偶一樂，　配圖添香有紅袖。

【薛宗正】

　　宗正是我大學同窗，山東濟南人。畢業後本想到江南從事明代經濟史等研究，卻被分配到新疆奇台中學任教，後入新疆社科院歷史所任古代史研究室主任，致力於西域史研究，成績卓著。主要著作有《突厥史》和《北庭歷史文化研究》等。詩詞均佳，茲錄其四首。

天净沙·題水磨河鴨棚蝸居

1962 年（？）

紅橋碧水明霞，綠楊深處人家，好幅江南古畫！
凉生窗下，不知身在天涯！

過北京

1964 年

遙遙東望是神京，　霞林長空旭日紅。
金水橋邊千照影，　未名湖畔五年燈。
舊時街衢半無識，　滿市崇樓盡易容。
第二故鄉成異客，　茫然回顧淚縱橫。

無 題

前程報導是天津，　百感叢生淚不禁。
柔雪已稀無凍雪，　胡音漸遠變鄉音。
風光滿眼渾如舊，　往事縈腸還若新。
莫笑氈靴過鬧市，　天涯游子還家門。

感 時

1997 年 9 月

歲月飛逝自無情，　昔日頑童化老翁。
人世風光渾未得，　空留勤奮學人名。